這是一本簡單的小詩集

林佳君（魚魚）／著

作者簡介

林佳君（魚魚）

熱愛文字，喜歡創作，擅長寫作新詩、古詩、古詞等等。

本業是科技業工程師，利用下班與空閒時間寫作，

認為寫作是一生中的重要課題。

這是魚魚的第一本作品。

1.

「我想把一生的好運，都用來遇見你。」

2.

「你常說我沒邏輯，愛情，不需要邏輯。」

3.

「我喜歡你的眼睛，眼睛裡有我的倒影。」

4.

「我很喜歡冬天，因為，
想把你的笑容，永遠冰在我的心裡面。」

5.

「用看一本書的時間靜靜想你，不夠？

那再加上泡一杯熱茶的時間。」

6.

「我沒有一分鐘想起你，
因為我沒有一分鐘忘記過你。」

7.

「我喜歡你，你也喜歡我，
對我來說就是奇蹟。」

8.

「如果不能擁抱你，那我就不要愛上你。」

9.

「因為愛，才想對你依賴。」

10.

「想念的心情，就像下雨的聲音，
滴答滴答充滿回音。」

11.

「希望你愛我，一如，我就是我。」

12.

「所有事情都需要學習，就連愛也是。」

13.

「時間對所有人都是一視同仁，
唯一不同的是，每個人對待時間的方式。」

14.

「永遠不要畫地自限，因為，
對於未來，很少人會說得準。」

15.

「如果一本書中，有一小段文字對你人生有所啟發，那它就是本好書。」

16.

「疫情讓世界慢了下來，卻也更看清楚現在。」

17.

「和你一起喝著茶，聽著窗外的雨聲，
是最浪漫的事。」

18.

「不管怎麼樣，記得保持溫柔的心，
因為只有溫柔，才會吸引溫柔。」

19.

「不要因為寂寞養一隻貓，也不要因為寂寞愛上一個人。」

20.

「原本不知道什麼是真愛，直到遇見了你。」

21.

「我堅持最久的事，就是愛你一輩子。」

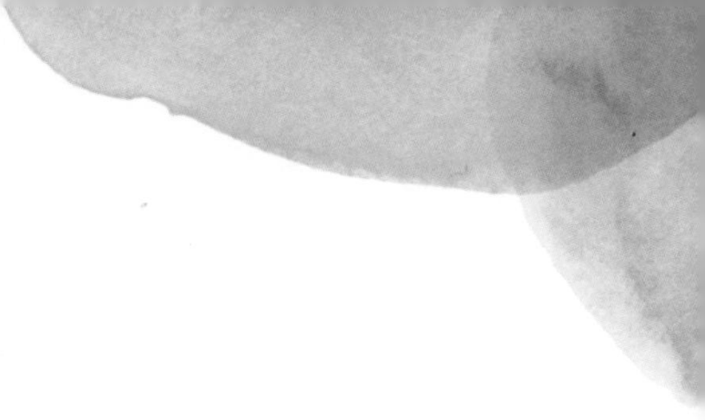

22.

「我只想當你心裡的第一位，因為其他位置我都沒興趣。」

23.

「不要用金錢去衡量一個人，品行才是最重要的。」

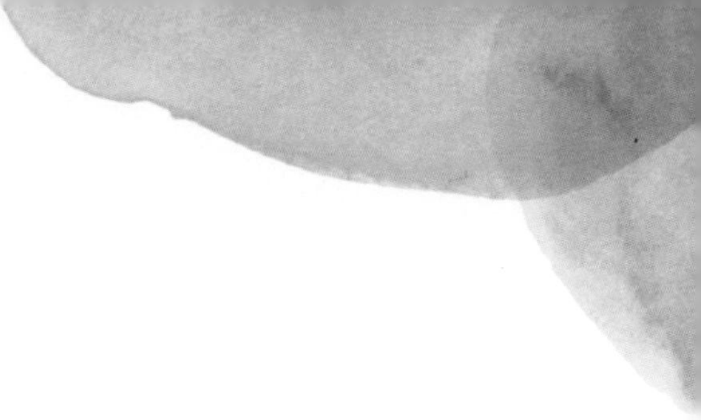

24.

「感謝你把我訓練的那麼獨立，離開你才可以不費力氣。」

25.

「如果你只是喜歡我，不是愛我，
這樣的愛情，我不需要。」

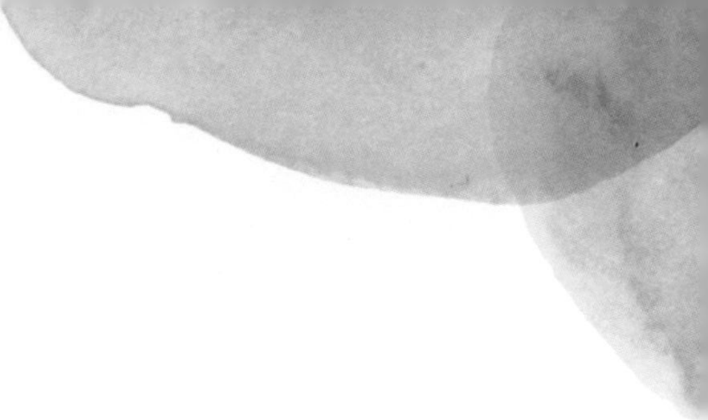

26.

「有些人總是在下雨的時候才會想起愛情，
而我，卻總是在無時無刻。」

27.

「愛情，只存在心甘情願。」

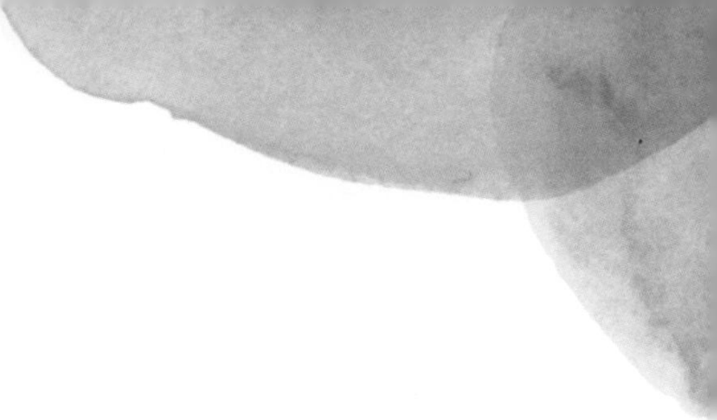

28.

「人生很苦，所以才需要擁抱。」

29.

「體會眼淚，也是人生的責任。」

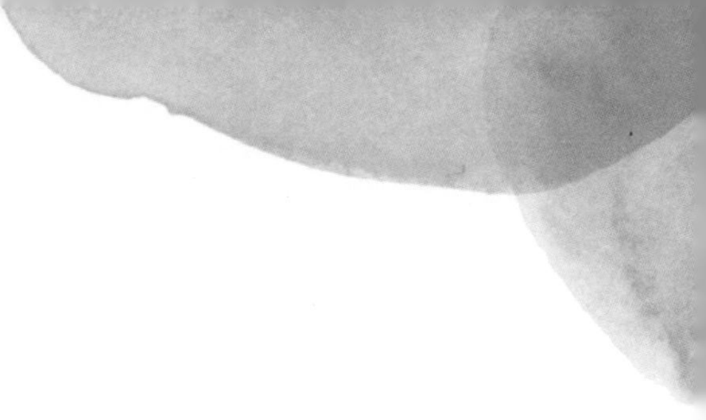

30.

「記得先愛自己，這樣，太陽才會愛你。」

31.

「我容許你，捏著我的自由，來換取我的一生。」

32.

「出生時，你嚎啕大哭，旁邊的人卻在笑，
離開這世界時，臉上或許帶點微笑，
身邊的人卻在哭泣，生命啊！或許就是這樣吧。」

33.

「誰說眼淚不值錢，不是有一首歌這樣唱：
我一哭，全世界為我落淚。」

34.

「媽媽說，要選能讓你開心的人，
而不是，讓你哭泣的人。」

35.

「手握利刃的堅強，也遠不及對心碎的想像。」

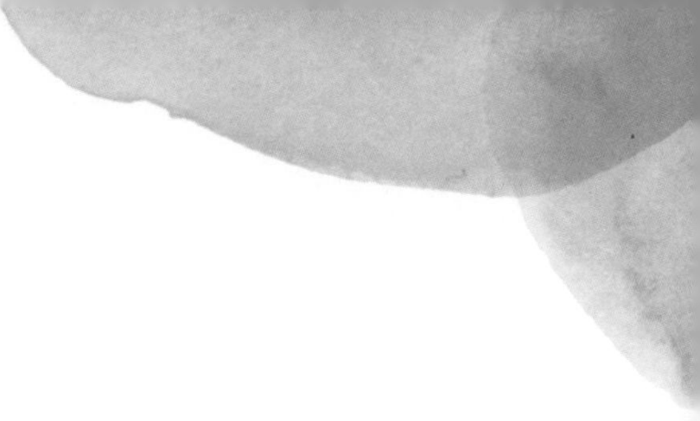

36.

「不要用外表去評論一個人，
你永遠不知道對方心裡在想什麼。」

37.

「討厭一個人就遠離他，也不要花時間想起。」

38.

「用快樂的記憶，埋葬，悲傷的回憶。」

39.

「為什麼情歌總是受歡迎，
可能是因為，愛情，讓人刻骨銘心。」

40.

「有人說，要站在你愛的人的右邊，
因為左邊，是最靠近心臟的位置。」

41.

「如果算命是真的，能不能知道，離開你的時間。」

42.

「不要把恨，放在愛前面。」

43.

「什麼都不知道，也是一種幸福。」

44.

「靜靜的喜歡你，就如同，悄悄的離開你。」

45.

「說不在意別人的眼光是騙人的，
但也要練習，把自己的想法放在前面。」

46.

「愛情需要練習，不愛了也是。」

47.

「沒有什麼是遺忘不了的，因為，人的記憶力很有限。」

48.

「小時候要多多練習跌倒，這樣，
長大跌倒的時候，才不會哭泣。」

49.

「看錯幾個人沒什麼大不了的，
就連神仙也會打錯鼓阿。」

50.

「找到自己最喜歡的那首歌，或是電影，
在難過的時候，用它找回自己。」

國家圖書館出版品預行編目資料

這是一本簡單的小詩集／林佳君（魚魚）著. --初版. --臺中市：白象文化事業有限公司，2022.4
面； 公分.
ISBN 978-626-7105-37-5（平裝）

863.51 111001225

這是一本簡單的小詩集

作　　者　林佳君（魚魚）
校　　對　林佳君（魚魚）
發 行 人　張輝潭
出版發行　白象文化事業有限公司
412台中市大里區科技路1號8樓之2（台中軟體園區）
出版專線：（04）2496-5995　傳真：（04）2496-9901
401台中市東區和平街228巷44號（經銷部）
購書專線：（04）2220-8589　傳真：（04）2220-8505
專案主編　李婕
出版編印　林榮威、陳逸儒、黃麗穎、水邊、陳媁婷、李婕
設計創意　張禮南、何佳諠
經紀企劃　張輝潭、徐錦淳、廖書湘
經銷推廣　李莉吟、莊博亞、劉育姍、李佩諭
行銷宣傳　黃姿虹、沈若瑜
營運管理　林金郎、曾千熏
印　　刷　基盛印刷工場
初版一刷　2022 年 4 月
定　　價　300 元